La dernière pierre

Gilles Clément

La dernière pierre

ROMAN

Albin Michel

IL A ÉTÉ TIRÉ DE CET OUVRAGE
VINGT-CINQ EXEMPLAIRES
SUR VÉLIN BOUFFANT DES PAPETERIES SALZER
DONT QUINZE EXEMPLAIRES NUMÉROTÉS DE 1 À 15
ET DIX HORS COMMERCE NUMÉROTÉS DE I À X

22, rue Huyghens, 75014 Paris

ISBN broché 2-226-10956-0
ISBN luxe 2-226-11065-8

L'HISTOIRE prend fin devant le Dukun de Trunyan de l'autre côté du lac Batur, dans un Bali-Aga village où les morts sont exposés sur des litières de bois roux.

Le Dukun est âgé. Il est silencieux. Quelque chose dans son visage rit.

Le balé du cimetière est une construction simple, quatre piliers et un toit d'alang. Il fait chaud, parfois il pleut. Des grands voiles d'eau nous entourent en carré. Ils rebondissent en contrebas du socle où nous sommes assis, au sec. Quand il pleut, l'oiseau rouge se tait dans la cage, le volcan disparaît, la nuit se forme.

Il y a longtemps que je suis assis. Un vertige léger m'assure du contact avec les pierres crues. On m'apporte du thé sucré. A chaque fois qu'on m'apporte du thé mon regard se fige sur l'ongle long, impossible, l'ongle d'une vie que le Dukun porte au petit doigt de sa main gauche. Il est noir, en dessus et en dessous. Noir comme sa bouche et ses dents.

Un désordre d'images lointaines occupe le silence et l'espace, l'ongle devient une lame acérée fixée à l'ergot des coqs avant le combat, la gousse sèche des acacias épineux sur les hauts plateaux malgaches, dans les déserts d'Afrique, dans la vallée du Dra, le vestige calligraphe d'un idéogramme chinois quelque part sur un temple en ruine.

Le Dukun a le temps. Il sait que j'ai besoin de regarder son ongle démesuré.

Juste derrière sa tête, trois ampoules électriques écrêtées comme des œufs à la coque. L'une remplie d'eau, l'autre d'usnées, la dernière d'une orchidée discrète, bleue. Lorsqu'il y a du soleil, la lumière traverse l'ampoule qui porte l'eau. Elle forme sur le visage du vieil homme un halo blond. Ses rides alors s'effacent. Son regard demeure, gravé dans l'ombre.

Une femme passe.

Derrière moi, le frôlement du sarong que les hommes n'ont pas. Elle marque un temps d'arrêt. Elle allait peut-être parler.

La nuit n'est pas assez noire pour apporter les lampes à pétrole. Devant, à hauteur et distance courtes, trois cadavres étendus sur les tréteaux et lits de bois, alignés, les mains sur la poitrine, comme des gisants royaux. Nus.

Un souffle d'air vient des sources du lac. Les grands oiseaux blancs de Petulu sont couchés. Ici, il n'y a pas de kulkul, cette cloche de bois qui marque les cérémonies, pas de gamelan en répétition pour une fête à venir, pas de grenouille qui chante. Nous sommes bien trop haut dans la montagne pour cultiver le riz. Seuls. Dans le silence.

Le Dukun vient de faire un geste. Il vient de poser sa main gauche – la main de l'ongle – sur la table basse entre nous. Tentative de caresse à l'égard de l'objet qui se trouve au milieu, à l'égard de la pierre. Mais il ne touche pas la pierre. Il la regarde seulement. Puis il me regarde.

Il y a longtemps que je n'ai pas dormi.

Je suis Kenneth Manuel Twann. On m'appelle Manu à cause des mains que je mets dans la terre. Je suis jardinier.

Le Dukun m'appelle Tuan, politesse amicale pour dire monsieur. Il m'en fait un prénom.

Belinda m'appelait Man', avec une inflexion particulière qui prolonge le *a*. Belinda perd toujours quelque chose, elle laisse tomber ses habits, la fin des mots.

Le Dukun parle. Il se penche vers moi.

– Vous avez attendu longtemps pour venir à Trunyan. Pourquoi ?

La femme apporte deux petites lampes tempête. Elle les dispose sur la diagonale du carré, au milieu de la table.

– Je n'ai pas attendu. J'ai fait les choses dans l'ordre. Il y avait un ordre. Enfin, disons que je me suis inventé un ordre. Dukun, cette pierre n'avait pas d'étiquette. Aucune provenance connue. Sur le cahier de mon père, seulement un nom : « Trunyan ». Toutes les autres portaient une date, un lieu précis, un pays. Une origine.

– Trunyan aussi c'est une origine. Il n'y a qu'un seul Bali-Aga village au bout du lac Batur, il n'y a qu'un Trunyan au monde.

Le Dukun parle en ouvrant peu les lèvres, on dirait une statue. Il faut prendre tous les mots qui s'en échappent. Dans l'île seuls trois villages peuvent prétendre au titre de Bali-Aga, sites primordiaux, villages d'avant tous les villages, d'avant toutes les colonisations. Trunyan, le plus haut de tous dans la montagne, est aussi le plus isolé.

– Je vous ai dit pourquoi. Je vous ai déjà tout dit. Cette collection énorme, ce tas de cailloux. J'ignorais tout des pierres. Mon père avait fait le tour du monde. Plusieurs fois. Il rapportait des roches de partout. Pour chacune d'elles une identité, pour chacune un voyage. Dans la maison trop grande, chargée d'histoires et de noms inconnus, seules les pierres avaient une couleur, je regardais les couleurs. D'abord. Longuement. Je les interrogeais.

Il y eut cette décision. Silence en moi. J'évitais le bruit de mes propres pas et le regard de Belinda, son sourire à l'œil, celui des jours blancs où s'effacent les repères, où les murs, le ciel, l'air lui-même, semblent chargés de questions, des jours tendus comme les écrans, en avance ou en retard d'une histoire, obstinément vides.

L'écho du vestibule, la galerie de marbre, la bibliothèque étouffée de lambris. Les meubles à grands tiroirs dont chaque plateau regorge de cailloux lustrés. Les cartes aux murs, tous les pays du monde ; les cartes géologiques des plus petits recoins de France et d'Angleterre. La chambre des pierres chargée d'étagères et de vitrines.

Ce jour-là, j'ai regardé les pierres et les cartes. Comme si je ne les avais jamais vues auparavant. Toutes. Echantillons de quartzite, gneiss, mica, plaques d'amiante, géodes géantes, sphères denses et grumeleuses de marcassite, fluorines polychromes, structures folles d'aragonite, blocs de cristal de roche, roses des sables, phonolites, olivines, laves noires, brunes ou soufrées, cristaux orange ou dorés, perles d'agate, améthystes, aigues-marines, pierres de lune...

Pour moi, jardinier, elles étaient la source même des sols détritiques qui nourrissent nos terres, la roche mère, mère souterraine de tout ce qui dans l'air fleurit. Elles étaient peut-être le contenu des fleurs. Une promesse de voyage, le ventre de la connaissance. Mais là, sur les étagères, les plateaux, derrière les vitrines, je les ai vues ternes, brisées, isolées, orphelines, ce jour-là.

Terres, roches, cristaux, agrégats de sables, déserts, volcans, îles lointaines. Ces pierres nouvelles étaient une grande découverte. Pas seulement des couleurs et des noms. Amerzgane, Beersheba, Thulé, Antsirabé, Matagalpa, Ioshi, N'Gaoundéré, León, Cape Town, Cabo Verde, Goulimine, Clermont-Ferrand...

C'était un jour clair. Mon père vient de mourir. Le chien dort encore. Belinda, derrière moi, me regarde regarder les pierres. Infiniment longtemps. Moi, je connais le Kent seulement. Les routes étroites bordées de haies bien propres, derrière lesquelles s'éparpillent des cottages fleuris.

L'idée me vient par la nuque. Elle se tient serrée entre moi et la présence exagérément subtile de Belinda, réduite à un souffle. Elle creuse le silence. Sûrement elle va parler. Je ne lui en laisse pas le temps : toutes ces pierres, j'irai les déposer par le monde, là où mon père les avait trouvées.

– Sudah kawin ? Marié ?

C'est la première question. Dans tous les pays du monde.

– Sudah. Déjà, oui.

– Dimana isterinya ? Où est-elle ?

Le Dukun s'intéresse à tout, sauf à la pierre que je suis venu lui apporter.

La dernière.

De toutes, la seule remise entre les mains d'un homme. Les autres je les ai reposées là où je pense que mon père les a prises ; dans les déserts, sur les volcans, au fond des mers. J'ai beaucoup voyagé. Je suis fatigué. Il y a si longtemps que je n'ai pas dormi.

Droit sur son axe, le Dukun me dévisage. Il se détache dans la nuit comme une statue vivante, un empilement du savoir.

L'air humide nous enveloppe. La pluie, arrêtée par une montagne, viendra plus tard. Pour me rassembler je passe la main sur mon bras. Elle glisse au rond de l'épaule, sur la peau mouillée. Plusieurs fois. L'ombre de la femme s'inscrit dans l'arche du balé. Elle apporte un riz noir, du brass, le pose à terre, se relève, droite, esquisse le geste de caresser son épaule nue, à elle.

Ses cheveux noirs, longs, libres, brillent. Elle disparaît.

Alors je commence. Je parle. La maison. Le chien, les pierres. Toutes. Et mon père. Sa passion, ses voyages solitaires, mon père secret, très rare, absent à toute autre chose que ses cailloux. Mon père abrupt, sûr de sa science, parlant du Monténégro et des plaines de Gobi dans un flot de mots exotiques et techniques, des mots de rêve.

Ailleurs. Mon père connaissait les choses d'ailleurs. Les déserts, les forces souterraines, les puissances tectoniques, les grands mouvements de la Terre, les métamorphismes lents, les volcans, le glissement des plaques. Il parlait des vieux continents, du Gondwana, de Madagascar et des Galapagos. Et aussi des animaux et des plantes. Des tortues éléphantines, des varans de Komodo, des paradisiers, des êtres fabuleux. Toute son histoire était fabuleuse. Mon père était un rêve, quelqu'un qui n'existe pas. Il ne parlait jamais à une personne à la fois. Il s'adressait aux gens, il ne s'adressait pas à moi. Il racontait le monde au monde qui l'écoutait.

Je ne vois plus son visage.

Peut-être avait-il les yeux bleus. Je n'ai jamais connu ma mère.

Une goutte perle au cul de l'ampoule

d'usnées. Condensation. Nous sommes traversés par un nuage. Le Dukun semble voyager derrière une vapeur légère. Le paysage disparaît. Nous mangeons le riz sucré. Il est violet.

Je parle encore. Belinda. Mais un souffle court cisaille les souvenirs. Ce n'est pas le moment. En conspiration serrée viennent les mots d'ici : anjing injin dingin.

Le froid. Le vent. Le chien. Ils se font écraser sur la route. Il y a des pays où on les mange. Je raconte le Mexique et le voyage à Pékin. J'ai fait le tour du monde. Le monde des pierres. Mon père parlait aux pierres. Alors, moi, je suis allé les voir. Je voulais les rencontrer, je voulais les connaître dans leur berceau, savoir comment la terre avait produit ces richesses. Comment s'accordait la nudité des roches à celle des paysages qui les avaient portées. Je voulais rencontrer mon père.

Un oiseau passe, ou bien une ombre ajustée à la nuit.

Une forme de silence. Les rémiges des chouettes sont profilées pour attaquer l'air, le filtrer sans bruit. La nuit est très profonde. Les roussettes de Goa Lawah doivent monter jusqu'ici. Y a-t-il assez de fruits dans la montagne pour les nourrir ? Je pense à la grande île, si loin d'ici, Madagascar, l'estuaire de la Betsiboka, les plateaux de Tampoketsa d'où s'élancent chaque soir des millions de chauves-souris pour s'abattre sur les vergers comoriens et revenir deux ou trois jours après. Repues. Renards volants...

– On cultive les derniers salaks à Ujung. Plus haut, les palmiers épineux ne portent plus de fruits. Après, c'est la montagne sauvage. Trunyan est dans la montagne sauvage.

Le Dukun parle. Un peu. Il répond à des questions que je n'ai pas posées.

– Ici la vie est plus difficile qu'ailleurs.

Tous les animaux de Shiva sont nos invités. Mais avant Shiva, il y avait les ancêtres de Bedawang, la tortue, d'où naquit le mont Agung. Trunyan est le village d'Agung, celui qui touche le ciel. Les ancêtres regardent la montagne, la montagne les garde. Quel âge avait-il ton père ? Berapa umur ?

Brume dissipée, le Dukun apparaît en clair : peut-il avoir été jeune ? Il parle au présent. Je l'imagine autrefois, au bord du lac ; il danse avec les autres en hommage à Dewi Danau, déesse des eaux profondes. Les hommes changent de peau, ils ne meurent pas. Le temps est sans importance. Alors pourquoi cette question ?

– Ton âge, Dukun, je hasarde.

Les lampes à pétrole vacillent. Les dalus meurent à leur pied, ils perdent leurs ailes et se recroquevillent : termites suicidaires finissant leurs jours aux lumières de la nuit. Plus bas, au-dessus des rizières, les lampyres scintillent par milliers : ils s'allument et s'éteignent tous en même temps, bal d'étincelles, aéroport de nuit pour une flottille imperceptible et minuscule.

Le Dukun est sans âge, son regard sans objet. Ce n'est pas moi qu'il voit.

Entre nous, la pierre noire, posée sur la table de bambou brut. L'ongle s'en approche. Pour la première fois, sa main touche la pierre. Elle se referme sur elle avec gravité. Virgule dans la nuit, course lente, infléchie par un angle du bras, elle laisse une trace claire comme la queue des comètes et disparaît dans une poche secrète, un pli du vêtement.

Une lampe s'éteint.

Le Dukun se lève. Il est grand pour un homme d'ici. Grand à cause de la nuit.

– Nous devons aller nous reposer, dit-il en détachant les mots.

A la fois un ordre et un conseil.

– La pierre, tu l'emportes. Dukun, vient-elle d'ici ? Je voudrais savoir avant de dormir.

– Agung veille sur les étrangers. La pierre noire ne vient pas de la terre. Bedawang ne l'a pas faite. C'est la pierre des Hommes. Demain, je te dirai pourquoi. Tu peux aller dormir.

Besok. Demain.

De l'ampoule d'usnées, une goutte lourde tombe.

Elle s'écrase sur le sol rose de briques crues.

Bue aussitôt.

Un gecko gris crie.

Spinelle tourmaline
Corindon cymophane
Zircon, topaze et disthène
Epidote euclase
Opale, turquoise, olivine
Saphir idocrase
Opale encore, agate hydrophane
Aventurine.

Wakehurst, Kent, juste avant l'aventure.

Kenneth Manuel Twann parle des andromèdes fameuses du parc romantique. La variété obtenue en ces lieux garde longtemps son feuillage de printemps. La couleur orangé vif des pousses d'avril est celle des agates xyloïdes que l'on trouve paraît-il au Mexique. C'est une comparaison.

L'assistance est surprise.

Le miel de châtaignier et la résine polie des kauris de Nouvelle-Zélande ont la transparence et la chaleur de la topaze, septième de toutes les pierres dures. Avec l'hématite, elle symbolise la planète Mars qui donne son nom au deuxième jour de la semaine et au dieu de la Guerre. Kenneth Manuel Twann parle de la couleur sang, des mines de fer à ciel ouvert, des bougainvilliers saumon qui tapissent le ciel des tropiques. Il s'égare.

L'assistance est nerveuse.

Kenneth Twann avance les théories de Zoroastre. Il insiste sur le rapport étroit, mais impossible, qui lie par les phonèmes l'agate arborescente, l'andromède de Formose, l'ara roux de Rio et l'amniote aveugle des cavernes. Ainsi, dit-il, une pierre, une plante, un oiseau et un poisson réunissent-ils les vertus des quatre éléments : le feu, la terre, l'air et l'eau. Il cite le *Livre des Cyranides* attribué à Hermès Trismégiste. Il reprend à son compte les pensées de l'Ecole alexandrine et les travaux désuets des alchimistes médiévaux. Il délire.

L'assistance, à la fin du discours, laisse planer un silence lourd.

– J'ai consulté les lapidaires, les pierres protègent. Le Talisman de Charlemagne est aujourd'hui en lieu sûr, enfin, on le dit. Qui ne porte sur lui aucun ornement, aucune pierre ? Que sait-on de leur histoire ? Dans son aire l'aigle emporte l'aétite, l'hirondelle de pierre comme disent les Chinois, pour mieux couver ses œufs. Les pierres protègent, apaisent ou magnétisent, transmettent l'énergie de la terre. Les livres restent muets sur le cynoedus – que personne ne connaît, sauf peut-être mon père – cette roche noire. Il fait bander le cynoedus ! Il faut le tenir à deux mains, comme un cierge et prier.

Vous a-t-on dit enfin que le zamilampis fait mûrir les raisins... ?

Cristal de roche
Quartz hyalin

Laitance éphémère des jubartes et des bélougas, ambre gris, sperme flottant des baleines blanches. Monsieur Kenneth Manuel Twann, dit Manu, homme de terre, vous voici exclu des sociétés raisonnables et botaniques, vous pouvez flotter à votre guise dans l'écran analogique des rêves. Partir en voyage.

Chrysophane
Cornaline

La dernière pierre

Spectre vitellin des ventres de femme.

Belinda, s'il te plaît, j'ai mal partout, donne-moi une aventurine.

– Tuan ? Bagaïmana tidur ? Vous avez bien dormi ? Encore un peu de thé ? Le Dukun va venir.

Trois jours et trois nuits qu'on me veille à Trunyan. La famille du chaman me soigne. La fièvre tombe. On me donne à boire. A manger. Des mets inconnus. Rêves sans fin, cauchemars bruyants, je me réveille en sueur. Mal aux tempes.

– Du thé, je veux bien. Encore, oui. Sans sucre, s'il vous plaît, tampa gula, j'ai appris à le dire.

Nidewa s'en va. Elle a le teint lisse et les yeux noirs de Belinda. Des yeux qui rient en coin. Elle paraît peu affligée par ma maladie. Elle revient chargée de nourritures que je ne mangerai pas et du thé amer que j'aime. Elle se tient droite, se caresse l'épaule, sourit. Elle dit que je vais mieux. Elle s'en va en marchant à pas courts et mesurés comme tous les gens d'ici.

Dans cette retenue un rire empêché. Pourquoi ?

– Tu as parlé, cette nuit.

Le Dukun apparaît entre deux arbres comme s'il avait passé la nuit dans la forêt. Il est beaucoup plus âgé que je ne l'imaginais. Beaucoup. Il n'a pas l'âge de mon père. Mon père a dû mourir jeune. Quel âge avait-il, au fait ? Umur ?... Non, le Dukun pourrait être le père de mon père. Mon grand-père, c'est ça. Je souris. J'ai mal là. J'ai mal au sourire.

– Tu vas beaucoup mieux, Tuan. Tu as parlé des grands voyages. Tu as donné des noms. Des noms d'objets, des noms de lieux. J'en ai reconnu certains. Tu as parlé des pierres. Des pierres et des plantes, des pierres et de l'eau, des pierres et du feu. Tu as parlé de ton père, d'une femme aussi.

– De Belinda ?

– Belinda, oui.

– Et du chien ?

– Du chien, oui. Chez toi, les chiens ne voyagent pas la nuit.

– Ils dorment. Ils sont avec nous.

– Ici les chiens portent l'âme des morts, pendant un certain temps. Après, ils oublient. Les chiens sont distraits. Quand ils reviennent, c'est qu'ils ont oublié. Je me demande comment vivent les animaux dans les pays où il fait froid.

– Les animaux, pas les gens ?

– Les gens, je les connais. Ils viennent ici, ils viennent me voir. Tu es bien venu, toi.

– Pour la pierre, Dukun, tu le sais.

– Tu n'es pas le premier à avoir un but. D'autres sont venus avant toi.

– Les gens ne viennent pas te rapporter des pierres reçues en héritage. Je suis le premier !

– Bien sûr, tu es le premier. Je t'ai gardé pour cette raison. Tu es le premier à rapporter la pierre, mais d'autres avant toi étaient venus la chercher.

– Mon père ?

– Ton père, oui.

Un éclair me traverse. Feu et glace. Je cherche un rythme pour ajuster mon souffle à la fièvre...

– Tu as connu mon père ?

– Je l'ai peut-être connu.

– Pourquoi dis-tu peut-être ? Tu as oublié ?

– Je n'ai pas oublié les gens venus chercher la pierre. Mais à Trunyan, d'autres que moi la possèdent, le prêtre pemangku, le chef du Banjar. Peut-être s'était-il adressé à eux ? Je suis le plus vieux aujourd'hui. Il n'y a que moi pour se rappeler l'époque où ton père a pu venir. L'époque des bateaux. Les étrangers arrivaient par le port de Singaraja. Ils parcouraient le monde, comme toi, mais ils mettaient du temps. Des mois, des années parfois. Ils étaient riches et peu nombreux. Braves aussi. Ils ne venaient pas à Trunyan. La route s'arrêtait à Kintamani. Pour les voir, il fallait aller là-bas au bord du cratère. Une fois tous les deux ou trois ans, un tamu arrivait en pirogue, un étranger. Il allait parler. Ces aventuriers-là venaient toujours chercher la science du dehors, celle qui leur paraît étrange, même s'ils ne peuvent rien en faire. Aujourd'hui, c'est l'inverse, les gens d'ici parlent peu, ils écoutent. Les tamus ont changé, ce sont des touristes, ils passent.

La lumière vive dévoile le lac du cratère. C'est un matin clair, les nuages ne monteront qu'à midi. Le vieil homme choisit l'ombre pour ne pas obliger ses yeux. Je suis étendu sur une natte perchée, très vaste, on peut y dormir à plusieurs. J'y suis seul. Devant moi, le jardin. Je ne reconnais plus le balé avec la cage, l'oiseau, les ampoules crevées d'où s'échappent l'orchidée bleue, le nuage d'usnées.

Le Dukun, attentif, me cerne comme si son regard seul suffisait à me tenir prisonnier. Envie de partir.

– Tu m'as gardé, Dukun, pourquoi ?

– Pour t'écouter, Tuan. C'est la première fois que j'écoute si longtemps un tamu parler. Il y a beaucoup d'histoires en toi.

Spinelle tourmaline
schorl électrique
poisson-chat

La cour est envahie de puces. Je vois les pieds de la femme.

Corindon cymophane
chrysobéryl
Brésil

Le coup de couteau de Carthagène. La mer d'huile.

Zircon, topaze et disthène, peine

Sur les rocs écrus de la falaise le cynocéphale crie.
Cul rouge et museau bleu.

Epidote euclase
opale turquoise

Il se branle en grimace, la panthère chasse

au loin, olivine.
saphir idocrase
idiot, péridot, palmier pétrifié
Sardoine
Danse
Opale agate, hydrophane

Les pintades sottes de l'Isoala meurent en criant.

La dernière pierre

Les engoulevents s'ouvrent au vent, le vent les couche à terre.

Jais jade
Cornaline oliphant

Belinda, j'ai mal au sourire, il y a des chiens et des chiens que je ne t'ai pas vue.

Donne-moi une aventurine.

J'ai dit ça.

J'ai dit tout ça et plus.

J'ai raconté ma découverte du monde. J'ai raconté Apollon, solitaire, reclus, condamné à surveiller le matériel obsolète de la saline de Santiago de Galapagos. J'étais venu remettre au pied du cratère effondré de San Bartholomé un basalte rayé aux lueurs vertes, si léger qu'on aurait dit une pierre d'air. J'ai raconté l'île sèche, la chouette grise d'Apollon, unique témoin des veillées où le gardien auscultait les tarots pour y entrevoir l'avenir. J'étais arrivé sur l'île à bord d'un rafiot crevé avec un marin et un timonier félin. Ils baisaient pour passer les nuits longues sous les lits de proue. On pêchait des ébonites avec une ficelle et rien au bout de l'hameçon (un clou retrouvé). Pour seules provisions du riz, du café, de l'eau douce. Pour goûter une viande plus forte et changer de menu, on tirait un chevreau sur une île. On a débarqué au milieu des manades d'otaries. Je tenais l'olivine dans une doublure du pantalon. Je voulais voir la mine. Les cartes d'Apollon, disposées en croix, disaient : la Lune est double, elle est froide, mais, ce soir, elle protège la Balance, tu peux marcher jusqu'à la mine, c'est à une heure par temps clair. La Lune a dit : tu es généreux Mister, tu as apporté une bouteille de tequila au prisonnier de Santiago, à moi, Apollon, et l'île te dit merci, je suis le seul vivant ici !

Il n'y avait pas de vent, pas de bruit. A cause du courant froid de Humboldt, l'air cristallin, déshydraté, portait les sons très loin. Mes pas sur les tessons de lave gratton crissaient en rond dans le cratère minuscule. Des flamants roses, immobiles sur un pied, mesuraient par décompte l'utile distance de fuite.

Les iguanes crachent le sel à cinquante centimètres de mon visage. Ils nagent. Les grandes tortues éléphantines déambulent en dormant. Elles broutent en bec, attendent un autre déluge.

Nuit pure. Au pied du cratère je m'arrête. Les sels mauves de la mine luisent comme les soies indiennes de Kapilavastu et changent de couleur.

En tombant sur le sol, le basalte aérien creuse un son pour l'île. Un oiseau aurait pu crier de même. Sur la note incertaine d'une gamme que mon père seul, peut-être, avait connue.

La dernière pierre

Je perds ta mémoire, mon père, je perds le son de la pierre qui tombe sur la roche mère. Je n'entendrai plus jamais ce son-là.

– J'ai bien dit ça, Dukun ? J'ai bien parlé de la *pierre d'air* ? Ai-je essayé les mots ?

Tu ne dis rien, Dukun, tu vois que je suis malade. Tu prends les mots qui traversent la fièvre, tu les confrontes à ta mémoire, tu les soumets aux augures.

Où est le cimetière où nous étions encadrés par les chutes d'eau et partout la rosée comme des ventres d'épeires ?

Les fils tendus par les araignées d'ici rassemblent les gouttes comme au creux des feuilles d'alchémille. Comme sur la peau de Belinda.

T'ai-je parlé de la pierre d'eau, le saphir

de Medellín ? De ce quartz hyalin qui a la transparence des aigues-marines ? Pâle, sans fond.

T'ai-je dit le champagne ? Les courtes nuits de Belinda en plein jour ? Ai-je bien fait ce qu'elle m'a suggéré un soir que nous étions mouillés, trempés de sueur, agglomérés ? Ai-je essayé les pierres comme on essaye les mots pour se donner de la distance, comme elle dit ? Ai-je assez voyagé aujourd'hui ? Il ne me reste plus rien, la maison du Kent a perdu tous les noms qui lui donnaient une épaisseur. Belinda est partie. Elle a disparu, je la cherche par le monde. Cette étape est la dernière, Dukun, que vais-je faire après ? Pourquoi ne parles-tu pas de la pierre noire ? Je suis venu pour ça. Tu avais promis.

Les nuages se resserrent. Nidewa passe en tenue de cérémonie, ses cheveux rassemblés sur la tête. Upacara upacara. Une ceinture de soie jaune brodée d'or prend la taille sur toute la largeur de son ventre plat. Une épingle, comme celles de chez nous, se détache, elle va tomber d'entre les fleurs du frangipanier organisées en diadème. Elle va tomber, cette épingle, et c'est peut-être moi qui vais la ramasser.

Enfant, j'avais dans la poche droite un couteau suisse à sept lames. Quand je mettais la main, ça me faisait bander.

Si je l'avais gardé, j'aurais pu me défendre à Medellín. A Medellín, la terre avait tremblé la veille. C'était une fête à Marie, toutes les fenêtres illuminées de bougies en ligne, partout dans les rues. Il pleuvait, mais pas assez pour les éteindre. J'aurais pu me défendre en décembre, le huit.

Fête silencieuse. Dans ma poche, ce n'est pas un couteau, mais une pierre d'eau. Une rue étroite et déserte monte. Trottoirs absents, fenêtres closes mais éclairées. La ville vide prie Marie. Je marche. Un radier dans l'axe de la ruelle rassemble les eaux fines du brouillard. La rue suinte, elle chuinte sous les pneus des rares voitures. Je marche vers une place où poussent quelques arbres. Un jardin ? Je n'y arriverai pas. Les pas derrière moi, rapides. La lame du couteau comme un éclat. La peur intense, la surprise. L'effort inouï de la survie. La blessure, là, dans la cuisse, parce que j'étais rassemblé et qu'ils visaient le ventre. Le sang. La course et l'étonnement d'une si petite douleur pour un si grand choc. Le sang très doux, visqueux, chaud que je retiens, qui passe entre les doigts, sur lequel je glisse. Puis le sang qui sèche, la fatigue, cette coagulation de l'âme. La paix : savoir qu'autour de la douleur tout va bien. Le sommeil de Medellín. La nuit piquante du travail des hématies dans la lueur des flammes de bougie. Le lendemain, la Guardia pense avoir fait son travail : « Hemos matado a dos "rateros". » Nous avons tué deux voleurs ce matin. J'avais perdu cent dollars. Mais pas le saphir.

En montant vers les cimes enneigées qui dominent la ville, je choisis un ruisseau clair. Froid. Les enfants, fatigués de me suivre, retournent à leurs buissons, se perdent dans les champs. J'ai distribué les stylos, les bonbons, les cigarettes, écœuré de ces gestes d'aumône. La jambe me fait mal... Demain je partirai pour Leticia, en avion, la Colombie est vaste, ce sera l'Amazone, découvrir la forêt... Les mains dans l'eau font un angle bizarre avec les bras au-dessus. On voit bien le fond. Je pose la pierre sur les autres pierres. Un instant, elle dérive au ralenti. Elle ajoute aux éclats de l'eau celui de ses facettes. Le courant la bouscule.

Mon père, je perds l'éclat de tes pierres. Si le torrent est fort, la rivière puissante, elles atteindront la mer.

Diallage
Callaïte
Œil-de-poisson

Où ai-je mis toutes ces pierres ? Où donc les ai-je perdues ? J'ai refait le chemin à l'envers. Est-ce bien le bon envers ? Anvers, ville des diamantaires...

J'aime le son discret de l'épingle sur la pierre crue. Je la cueille. Elle est encore chaude, huilée. Je la tiens dans la main, pour alimenter le courant fragile de son corps maigre. C'est évidemment l'épingle de Belinda, comment en imaginer d'autre ? Mais la femme qui passe, part, ne marche pas comme elle. Son buste, droit, dissocié des mouvements du corps, immobile des hanches aux épaules, ménage un invisible et précieux fardeau sur la tête, une pyramide d'offrandes peut-être. Elle, Belinda, portait une épaule un peu plus haute que l'autre, elle semblait toujours perdre un morceau de tissu, une bretelle, un foulard. Aucun des vêtements connus n'avait de prise sur elle. Je la revois dans l'hiver de la ville, sur l'appui métallique d'une cabine de téléphone, nue, parce que le manteau n'avait pas tenu, parce que rien ne tenait sur son corps. Belinda n'avait pas assez de mains pour empêcher que les choses lui échappent. Elle recalait les pelures adventices, ses vêtements, son sac, ses clefs, comme on recale les boules du billard au centre du tapis dans le gabarit d'un triangle raide, sachant qu'elles vont partir dans tous les sens, disparaître dans les trous, avalées par le corps souterrain de la machine, jusqu'à ce qu'il ne reste plus que le feutre vert à frôler, très pur apparemment, ouvert, tendu.

La femme qui part, sanglée dans un tissu neuf, maintient la symétrie des gestes par une économie entière de la marche. Pourtant, sous le batik lisse, les courbes de son corps dansent en rythme lent. Pour nous de l'Occident, on dirait qu'elle a le temps.

Nidewa se retourne, elle me voit refermer la main sur un objet très fin. Elle sourit.

– Dukun, où allons-nous maintenant ?

– Je vais te montrer les pierres, Tuan. Tu peux marcher ? Trunyan est un petit village, mais le cimetière est loin. D'habitude, on s'y rend en bateau. Aujourd'hui, nous irons à pied. C'est un sentier que les étrangers n'empruntent jamais. Toi tu es venu avec *Batu Hitam*, la pierre noire, tu as le droit. Nous avons encore le temps. J'aime entendre tes voyages, cela fait des images pour la rose des vents.

– Dukun, je suis loin de chez moi. Je voudrais rentrer. C'est toi qui me fais parler, toi qui sais mieux que moi ce que j'ai dit, si j'ai tout dit, si j'ai gardé pour moi quelques histoires, quelques pierres en mémoire. Est-ce que tu m'as fait boire ?

– Manger, Tuan, manger. Uang bulan, le champignon de lune, il fait dormir et parler. Il fallait bien savoir.

– Savoir quoi ?

– Si le chemin que nous allons prendre est bien pour toi.

– Et qu'as-tu décidé ?

– J'ai consulté le prêtre pedanda et tout le Banjar pendant ton sommeil. A Trunyan, on ne décide jamais seul. J'ai consulté les vents. Le chemin est bien pour toi. As-tu peur, maintenant ?

– Peur ? Je me suis confié. Je suis venu pour savoir. De quoi aurais-je peur ? Dis-moi.

– De savoir, justement.

Dukun, tu m'agaces. J'ai faim. Il va encore se mettre à pleuvoir sur le chemin. Il faut tout le temps se référer au ciel, au ventre de la terre, au vent. Il faut marcher en gazelle sur les digues des rizières, un pied devant l'autre, très attentif à ne pas blesser l'espace occupé par la vie. La moindre parcelle organisée, cultivée, rendue à son maximum esthétique de rentabilité fait de Bali un jardin et des hommes de l'île des jardiniers. En dehors de ces altitudes où justement le riz ne pousse pas existe-t-il encore des fragments de nature livrée à elle-même ? Se plonger dans l'herbe mi-haute. Marcher à l'ombre d'une forêt très ancienne. Supposer qu'en ce lieu vivent des animaux et tout à coup se heurter à la roche, découvrir les pierres...

Je pense à ce jour où tout a commencé, dans l'ombre froide de la salle de conférences. On attendait de moi un discours sur la résistance des andromèdes au froid. Je parle des roches mères qui alimentent toutes les racines du monde, je sors de ma poche un quartz effilé comme un couteau suisse à sept lames, je le pose sur la table et je dis : Voilà. (Je bande.) L'univers des jardins n'est pas celui de la Nature, il est son opposé. Dans les jardins, il y a les pierres et les jardiniers, ils labourent le sol pour être au plus juste avec lui, pour entrer dans l'humus, être l'humus. Moi, sédentaire, uni au jardin comme un mataf à la mer, je pars. Je sais confusément qu'hormis les aratoires, il reste la prière, ces mots encourageants qu'on dit sans trop y croire, il fera beau demain... Je pars pour connaître le nom des pierres.

Dukun, ai-je bien dit cela ? Ai-je parlé des voyages ?

J'ai labouré les Lapidaires. Parti consulter le livre d'Alphonse le Sage, j'ai sillonné les plaines de Castille et d'Aragon, les déserts de scories où siège l'austère Escurial, l'Espagne raidie dans le sang de son Inquisition. J'ai lu le *Traité des fleuves*, le *Lapidaire nautique* et celui, agricole, qui fait accoucher les vaches. Dukun, j'étais orphelin, j'étais prêt à tout. Belinda avait disparu.

Alors, je leur ai dit le jardin est unique, il échappe au vulgaire. Sa pratique – sans laquelle il ne saurait exister – est le biais naturel d'une transcendance. Il est pour vous. Chacun y pourvoit. Chacun y tend. Les autres y échappent, ils le demandent. Et vous, que demandez-vous ? Vous êtes dans le noir, je ne sais rien de vous.

J'ai dit au-dedans de la terre, il y a l'humus, les êtres de nuit éternelle, il y a aussi les mains sèches qu'on y plonge pour se prolonger. On croit toujours que les arbres étaient là avant l'homme. Moi, Kenneth Twann, Manuel dit Manu, jardinier de terre, je sais qu'ils sont là à cause de nous, parce qu'ils meurent de notre absence ou de notre omniprésence.

Et j'ai pris le couteau de quartz. Je l'ai passé sur la langue pour goûter le sel du cristal.

C'est important, n'est-ce pas, de revenir aux sources ?

Dukun, dis-moi si j'ai parlé des labyrinthes, toujours d'ifs et de terre battue ? Atteindre le corps de l'autre en caressant les haies ? En chemin vers le cœur des jardins, on amasse des fleurs, des pensées, on écarte les obstacles, on mutile les mouches, on commet, au nom de tout ce qui est indicible, un vague meurtre sans fioritures, utile. On cherche.

J'ai faim.

Le chemin glisse, invisible, dans les fougères humides, escalade la caldera, ou descend vers le lac. Le Dukun devant moi ne trébuche pas. C'est mon guide.

Grands voiles d'usnées, mousses d'algues sur les troncs, le sol des laves est riche aux arbres. On se mouille dans les feuillages, des najas s'enfuient. Nidewa ferme la marche, elle porte sur la tête un panier brun de bambou tressé.

Nous pénétrons dans le cimetière par sa face cachée. L'enceinte franchie découvre des litières alignées, immense table à claire-voie. Sur ces lattes de bois les cadavres reposent tête à l'est, vers le mont Agung. Dans un état de décomposition variable. Certains ont la peau encore visible, grise, collée aux os, d'autres, purs squelettes, presque blancs, achèvent de « sécher ». Cela dépend de la date du décès, dit Nidewa, technique. Il faut trois mois. Après, on les installe dans la maison des morts.

– Te souviens-tu, Tuan ?

– Me souvenir ? De quoi, Dukun, des ampoules-jardins, du jardin des morts ? J'étais ici il y a trois jours avec toi, mais il faisait presque nuit. Nidewa avait posé les lampes tempête sur la diagonale du carré.

– Avant, Tuan, avant cela.

– Encore les voyages ?

– Les voyages toujours et avant les voyages, le premier voyage. Te souviens-tu ?

– Dukun, où sommes-nous ?

– Dans l'enceinte sacrée. Tu peux venir. Approcher les morts. Les connaître. Ils disent parfois plus dans le silence de Bedawang que tout au long de leur vie. Regarde-les bien, regarde comme ils sont différents. Il y en a qui rient encore, d'autres qui sont graves comme des enfants. Les rides s'effacent sur la peau des morts, mais ils ne perdent pas tout en perdant la vie, il reste une expression unique que seuls les initiés peuvent déceler. Cette expression est leur trésor, leur particularité, c'est la seule chose que la mort n'emporte pas. Même ceux qui n'ont plus de dents gardent un signe qui leur appartient. Regarde bien, Tuan, regarde la douleur comme elle est perdue, derrière le sceau de la personne, et comme la joie est dérisoire. Regarde bien les visages, si tu clignes des yeux, Uang bulan, le phosphore des masques t'apparaît ; regarde les traits de la charpente et non ceux des humains. Les morts s'observent dans leur différence. Ils sont uniques et solitaires, ils se côtoient dans le monde souterrain de Bedawang, comme ils se sont côtoyés dans la vie. La mort n'efface rien, Tuan, elle montre le dessous des visages ; elle montre le rictus interminable et poli des squelettes. La mort est cruelle à cause de cela ; elle dit la vérité.

Ici, à Trunyan, on vénère la mort, on garde le dessous du visage car c'est le bien le plus précieux de l'homme, on garde son individualité. C'est pourquoi nous sommes si différents de tous les pays d'Asie que tu connais. Nous ne jetons pas ensemble les corps en cendres des morts à la mer. Nous les rangeons dans leur maison, avec leurs habits, leurs habitudes, leurs seules vérités.

Le flanc d'Agung abrite la maison des morts. Après que la pierre a purifié leurs corps, ils habitent ici à jamais, depuis la nuit des temps et pour le reste des temps...

Le Dukun s'approche d'un corps étendu. Il porte la main gauche à sa poche pectorale, mais seuls quatre doigts y pénètrent. Sur son torse masqué d'une chasuble claire, l'ongle noir du petit doigt demeure, il pend comme un objet extérieur à sa personne, un ornement. Il sort la pierre, la tend dans l'air à bout de bras et la laisse tomber.

Elle fait un bruit mat de basalte en rejoignant la litière. Elle frappe d'autres pierres semblables, aussi petites, aussi luisantes et plates. Elle disparaît, assimilée, définitivement perdue. Mon père, la pierre noire a disparu. C'était la dernière, il n'en reste plus. Il n'en reste plus.

Une lueur rose passe sur les corps. La vie les reprend soudainement. J'ai peur, une vague de sueur. Belinda, à ma place, tu te mordrais la lèvre inférieure, tu enlèverais un soulier, pas l'autre, à cause d'un caillou ou de rien, tu attraperais le sarong qui glisse, parce que sur toi rien ne tient, tu mettrais la main devant ta bouche, en me regardant, très vite, avec l'envie de rire et tu dirais allons-nous-en, allez, viens, allons-nous-en, comme si, là, derrière le mur d'enceinte des morts de Trunyan, on allait boire du champagne et faire l'amour à rouler dans l'eau. Tu aurais encore un soulier à la main, les yeux fermés, les dernières épingles se déferaient dans le lac. Tu les perds toutes, partout, n'importe où.

Nous sommes à nouveau sous le balé carré où la pluie nous entoure. Des ampoules crevées suinte un lait de frangipanier. Il sent l'amande, le sucre et la pâte de fruits. L'oiseau rouge, de temps en temps, se racle la gorge, il ne sait pas chanter.

Nidewa disparaît dans l'ombre, le thé est encore chaud. Le Dukun, assis, regarde ses mains.

– A quoi penses-tu, Tuan ?

– Je pense à tout ce chemin. Entre la conférence de Wakehurst et le cimetière de Trunyan, il y a des déserts. Personne n'a su me parler de mon père, ou alors je n'ai pas entendu. J'ai découvert la Terre par son cœur de roches, en faisant le voyage j'ai aussi découvert le dessus de la Terre, plein de petits hommes curieux, animés, inquiets, joyeux... Tout à l'heure je les ai vus, mais tout à l'heure ils étaient morts. Crois-tu qu'il faut refaire tout ce chemin à l'envers, reprendre toutes ces pierres, partir encore ?

Le Dukun rit. Pour la première fois. Sa bouche, ses lèvres, ses dents sont noires de bétel. C'est la première fois que le Dukun rit. Il rit de bon cœur. Son visage entier fripé comme celui d'un nouveau-né rit. Il se balance d'un genou à l'autre. Il rit en silence. Il pourrait crier de la sorte, mais il pleure, le Dukun est content.

– Lucu Tuan, tu es drôle.

Il sert le thé.

– Tuan, tu es mon invité. Tu peux rester ici. Nidewa te fera à manger.

– Parce que tu as ri ?

– C'est aussi pour ça.

– Parce que tu as connu mon père ?

– Oui.

Belinda, ça y est. Ça y est, il n'y a plus de cymophane, plus de corindon, plus d'opale. Ça y est, j'ai trouvé l'homme qui sait, plus de tourmaline, plus de jade, d'améthyste, plus d'obsidienne, surtout plus d'obsidienne.

Belinda, il n'y a plus rien. Fini, je t'assure que c'est fini, toutes les pierres ont rejoint les roches qui les ont fait naître. A tout hasard dans les cratères, j'ai crié ton nom. Pour l'écho. C'était bien. Au San Juan de Masaya sur la terre brûlée du Nicaragua, les fabianes colonisaient les laves, semblables aux philippies sur les plateaux riches et embrumés de la Réunion, à l'écart des soufres dorés de la Fournaise. C'était le jour de remettre la pierre de feu. C'était facile, il suffisait de la lancer. Loin. On ne pouvait pas entendre le bruit de sa chute au fond. C'était trop profond. La pierre de la lave éteinte avait rejoint la lave en feu. A son tour, elle avait été le feu, recyclée à jamais dans l'ordre violent du magma. Mon père, tu as connu cette fumée âcre sous le ciel incertain de l'isthme tropical. Je le vois maintenant, tu as connu ces fleurs, ces pistes rouges de latérite, ces mêmes gens qui ourlent les routes d'une attente misérable et meurent du choléra. As-tu entendu, toi aussi, l'écho dans le cratère ?

– Dukun, il avait les yeux bleus ?

– Bleus. Et le front large.

– Et il parlait peu.

– Peu. Mais il cherchait, Tuan, il cherchait beaucoup.

– Il cherchait des pierres ?

– Les pierres, il ne les cherchait pas, il les trouvait. Je lui ai donné la pierre noire. Cette pierre qui n'est pas faite par le ventre de la Terre. Il savait qu'ici il y avait un secret, il était venu au cimetière. Il était très jeune. Il avait vu les corps étendus, il avait demandé pourquoi aucune odeur, aucune pestilence n'envahissait les litières, pourquoi les vautours, les charognards, les insectes n'arrachaient pas les entrailles des morts. Il avait posé les mêmes questions que toi. Il avait eu le même regard étonné. Il avait ta voix.

– Que lui avais-tu répondu, Dukun ?

– Je lui ai dit ce que tu sais. La pierre est notre secret, c'est la pierre des Hommes, ce n'est pas celle du feu, de la terre, de l'air ou de l'eau, c'est la pierre qui regarde au-dessous du visage et fige l'identité des âmes. Je te l'ai dit : c'est la pierre qui fait durer le temps. Ton père l'a regardée longtemps, il a rêvé devant. Il la savait sans pouvoir au-dehors de Trunyan. Seuls les échafauds de bois doré, Kayu Kuncing, alliés à la pierre Hitam et aux alizés d'Agung, permettent la conservation des corps, la lente dessiccation. Il a emporté la pierre seule. C'était la première.

– La première ?

– Oui, c'est bien ce qu'il m'a dit. Il ne cherchait pas les pierres, mais celle-ci, il voulait l'emporter. Il la voulait.

La première. La première pierre ramassée, la dernière posée. Je trouve l'histoire trop belle, je comprends ta question, Dukun, pourquoi avoir attendu si longtemps. Oui, pourquoi ? Je suis lent, Belinda le disait. J'ai toujours été lent, j'ai appris à sourire.

– Que cherchait-il, Dukun ?

– La même chose que toi.

Nidewa s'avance. Le sarong serré l'oblige à se baisser en faisant pivoter les deux genoux ensemble. Elle s'assied sur la marche haute du balé, allume deux bâtons d'encens, fait des signes dans l'air comme une écriture, pose des fruits, des fleurs et du riz rose aggloméré. Elle prie le temps qu'il faut et se relève. Nidewa me regarde, elle défait la ceinture jaune qui retenait jusque-là, semble-t-il, un rire bref, sans cérémonie. Elle est jeune.

– La même chose que moi... Que sais-tu de moi, Dukun ? Ai-je tant parlé dans mon sommeil ?

– Tu as parlé des pierres, de la maison du Kent, du chien. J'ai beaucoup écouté le chien. Les tamus ne viennent pas ici avec leurs chiens. Je connais les photos. Tu as parlé de la neige, des voyages, des noms qui entourent la terre. De ton père, des jardins.

– Des jardins ?

– Beaucoup. Des labyrinthes et des friches. Tu as parlé de Belinda.

L'ongle noir du Dukun repose sur la tête ronde d'un kriss ; Nidewa, à nouveau, disparaît dans l'ombre. Je me sens seul, en île, là au milieu. Je revois l'ordre mesuré des jardins anglais, les mains de Belinda, les haies vives du Kent. Elle voulait jardiner.

Ashford, le prieuré.

On taille et on suspend son souffle.

Elle, à cause de son extrême et violente pudeur, donne au paysage un tour sacré que les jardiniers respectent. Je fais partie de ceux-là. Ses gestes obscurs engagent le corps avec l'herbe et la terre. Indifférente aux souillures, elle parvient à transformer la boue en habit brut. Ses mouvements ne sont pas étudiés. Peut-être sait-elle d'emblée qu'une certaine préciosité n'a pas cours au jardin. Lorsqu'au premier jour elle prit la bêche puis le plantoir et finalement ses ongles, elle plongea au cœur du jardinage sans juger des moyens. En apparaissant dans l'univers des jardiniers elle provoqua une grande crise dont certains demeurent blessés, d'autres guérissent à peine, cela, je le sais.

D'autres guérissent à peine. Ai-je parlé de la peine, Dukun ? Belinda n'est pas partie, c'est moi qui l'ai, comme on dit, invitée au départ.

Depuis ce jour, je la cherche. Il m'a semblé qu'au bout du monde je pourrais peut-être la trouver, au bout des pierres, au bout de la dernière pierre.

Belinda, belle de seulement son approche à l'univers, au moment où je la rencontrai ne savait rien des fleurs et des arbres, ignorait la ruse des lianes, le cycle des digitales, mais elle aimait l'odeur du fumier.

La conférence de Wakehurst est finie.

La maison du Kent. Devant moi, la collection folle étale ses couleurs. Vrillé à la nuque le regard de Belinda, elle comprend. Je me retourne, je lui dis je pars.

Elle incline l'épaule, une mèche tombe entre ses yeux. Comme toujours une épingle aussi. Elle entrouvre les lèvres, je crois qu'elle dit ah, c'est une expiration légère, courte, que je connais pour d'autres raisons. Une décision. Elle pivote, perd une bretelle, un foulard, ramasse des clefs. Ses mèches, vaguement rêches, l'obligent à relever la tête en secousses. Elle paraît chasser de son visage une alternative de mots, un choix possible d'injures. Belinda fait disparaître tout ce qui peut gêner un regard direct sur les choses. Elle m'observe à distance mais elle est déjà loin. Et puis elle part vraiment... C'est elle qui part.

Nidewa apporte les petites lampes tempête et les dispose sur la diagonale du carré. Ses cheveux défaits coulent en chute régulière jusqu'aux reins.

– Mon père aussi cherchait Belinda ? La sienne ? Je n'ai jamais connu ma mère...

– Ce soir, Tuan, nous avons des langoustes de rivière et des libellules à manger, le goût du capung est légèrement sucré, le frère de Nidewa les a attrapées avec le lait du frangipanier, il faudra le remercier.

– Dukun, quand mon père est venu, il avait quel âge ? Il avait des cheveux ? Beaucoup ?

– Il avait les yeux bleus. Il était timide, Tuan. Il avait le courage des gens qui ont peur de tout. Il était direct et bref comme ceux qui ne savent pas très bien si ce qu'ils disent est important ou futile. Il était fier, généreux de son temps, il n'avait pas d'argent. Il a vécu longtemps ici.

– Longtemps ?

– Le temps de la cérémonie des morts. Il fallait bien.

A nouveau, une goutte d'eau s'échappe de l'ampoule d'usnées. L'oiseau rouge ouvre le bec. Est-ce que les oiseaux bâillent ? Ici, ce n'est pas le vent qui les engoule. La pluie tombe, elle tombe autour de nous en carré, elle tombe sans discontempler. J'ai envie de pleurer.

Nidewa apporte les langoustes de rivière, du riz blanc et des brochettes de libellules, elle les dispose en rond. Sur les feuilles de palme tressées, la pluie laisse des perles d'eau comme au bord des feuilles d'alchémille et je le dis.

J'avais, sur la peau unie et ferme de Belinda, étonnamment serrée pour une femme blanche, éprouvé le rapport de ces perles aux perles de sueur. En passant le gras de l'index, averti, chercheur, sur le velours des petites feuilles arrondies déployées en éventail, ourlées de minuscules gouttelettes, j'avais, par comparaison et dans le même instant, caressé le velours humide de la peau de Belinda, au creux des bras, à la base du cou, à la naissance de l'aine. Elle n'eut aucune surprise, ce jour-là, dans le jardin des berces et des inules. Ce contact appartenait au jardin. Nous pouvions prendre du temps. Je mesurai l'élasticité de la peau. Elle attendit, amusée, le résultat de l'expertise puis elle se lécha la main, comme un animal, le creux de la main, comme un chat d'abord, je crois, puis comme un jardinier, je sais, pour effacer les blessures. De cette main humide, ouverte, luisante à la paume, elle caressa le nu de mon épaule, à gauche, sur le bord arrondi d'un muscle souffrant, tendu, bruni au soleil. Cette caresse, expérimentale, professionnelle, avait l'apparence des gestes médicaux. Elle annonçait un échange. Oui, je voulais bien qu'elle me soigne. Lorsqu'il n'y eut plus de salive au creux de sa main, Belinda s'arrêta. Une confrontation prenait fin. Elle respira plus fort, comme en ces débuts d'étreintes où il devient inévitable que l'on fasse l'amour.

Tourmaline, opale, j'ai perdu les noms. J'essaie de rattraper les mots qui filent sur ma peau, agate, cymophane, tout s'échappe, corindon, corail, onyx, œil-de-lynx, ouvarovite de Sibérie, ça dégouline. Je disais Belinda donne-moi une aventurine, mon père j'ai perdu ton nom quelque part sur la Terre entre Bali et Kent. Je fais comme elle, les choses m'échappent. Il pleut des mots qui roulent comme les boules de billard sur le tapis vert. Ils plongent dans le corps souterrain de l'île Bedawang. Parfois se heurtent aux angles d'un quartz aurifère, d'un jade, d'une malachite et bondissent à nouveau dans les directions inconnues de la nuit. J'ai le corps en vrac, épaule basse, mèche rêche, trousseau de clefs en sardoine, roches rouges, sang, hématites, sanguines, mon père je te vois nu.

Ainsi, tu es fier – lion et soleil – tu marches. Le massif de l'Isoala érodé en ravine absorbe l'eau rare ; des rochers s'échappe un vol de pintades. Grande île, vieille île, Gondwana, Madagasikara, tu en parlais si souvent, nous y voilà. Tu marches sur le plateau, je peux voir cela, le Dukun dit que ton pas est lent, mon père, assuré, tu as l'habitude de marcher, de dos tu es mince, il dit que tes chaussures ont des lacets cassés, tes mains sont brunes. Tu avances sur la roche lisse à peine fendue où s'accrochent parfois des arbres aux troncs sphériques gorgés d'eau, ici il ne pleut qu'une fois l'an ; tu te penches au pied d'un arbre vacoa, les yeux grands ouverts.

Fallait-il tuer l'homme ?

Il y avait la pierre d'air, c'était facile, si légère ; il y avait la pierre d'eau, si fine, la pierre de feu pour alimenter le feu, si simple. Fallait-il aussi une pierre de sang ? Dukun, sais-tu ? Mon père a-t-il tué l'homme, lui aussi ? Est-ce lui qui avance le long du rio avant la falaise (la chute), lui ou moi qui marche les pieds dans l'eau ? Ici, paraît-il, dans les replis du quartz le fer oligiste gît. Hématite, pierre d'accouchement. En lamelles rouges et luisantes, celle que je tiens dans la main semble arrachée au placenta de la Terre, au ventre.

Une fissure du sol, offerte.

Elle atteint vite le fond, la pierre ; elle rebondit une fois. Un si long voyage pour un geste si mince. Il faisait si chaud. A l'écart, assis, je sentais sans les voir l'horizon, la falaise, le ruisseau, le massif chaotique sur les grands plateaux herbeux inhabités du Sud-Ouest malgache. J'attendais.

L'ombre plus grande, la fraîcheur, la nuit, j'attendais. C'était contraire au rite. Partout ailleurs je quittais les lieux sans tarder. Ce jour-là, prendre la route semblait impossible.

L'homme apparut dans mon champ de vision, par un angle, un simple mouvement vers la faille où j'étais venu. D'où pouvait-il sortir ?

Il s'approche et l'emporte, elle, la pierre de sang. Elle brille dans sa main. Je cours, je traque l'homme qui a peur, le voleur. Il fuit pour sauver son trésor. Je l'atteins, le tiens, agrippe sa main – ses yeux lui sortent de la tête –, le fais tomber, le roule à terre, le bascule dans le vide.

La chute.

Le cri en bas. Ma propre respiration, je crache. Tout est rouge y compris le ruisseau chargé de sang. Je n'ai plus de colère, j'ai peur, la seule vraie peur. Je descends la falaise abrupte ; à chaque pas je regarde vers le fond du ravin, vers l'homme étendu. Un bras désarticulé pend dans l'eau, l'autre plié sous lui. Lentement j'approche. Il a les yeux ouverts, de sa bouche sort un flot de sang. Il s'échappe par saccades de plus en plus brèves. Puis il ne s'échappe plus.

L'eau du ruisseau dissout le sang. De rose, devient blanc, et, finalement, transparent. Seule sur la rive une tache rouge intacte : la pierre – hématite –, le fer oligiste, si pauvre que nul par le monde ne se bat pour l'avoir. La pierre spéculaire montée en camée cordiforme, la seule dont mon père eût fait un bijou. Pourquoi ?

Alors, Dukun, écoute-moi. Crois ce que je dis, tu es le premier à savoir. Qu'y avait-il d'autre à faire ? D'autre qui puisse aussi bien conjurer le sort et donner une fin ? Faire disparaître la pierre à tout jamais, dans la terre où elle est née ?

J'ai pris la pierre, je la tenais bien en main, ronde et plate comme une hostie – du latin *hostia*, victime –, rouge comme le soleil couchant des monts Isoala. Je la tenais bien fort et je l'ai approchée de l'homme, de son visage, de sa bouche. Puis j'ai ouvert ses lèvres ensanglantées. J'ai desserré ses dents et dans un geste continu, sans effort, j'ai enfoncé la pierre au plus profond de la gorge. Elle a glissé doucement dans l'épaisseur du sang encore chaud. L'homme était encore chaud.

Alors j'ai fermé sa bouche, clos ses lèvres. Son regard vide absorbait toute la lumière du ciel. J'ai baissé ses paupières. Je l'ai regardé.

Maigre sous des hardes brunes, les cheveux bleus comme les Indiens d'Amazone, le nez fin, les lèvres ourlées, plus claires que le reste de la peau. Beau.

Je me suis penché, j'ai baisé les lèvres tièdes de l'homme mort et je suis parti.

– Te souviens-tu, Tuan ?

Ici, les arbres ont des hernies. Le jepun tordu de Trunyan fait sa place en silence. Les nœuds, les bosses, les branches avortées, combien de fois a-t-il changé de direction, le vieux frangipanier ? Sa silhouette capte mon attention, j'entends à peine la voix.

– Te souviens-tu, Tuan ?

– Dukun, c'est toi l'ancien. Les images d'autrefois ne sont pas les miennes. De quoi veux-tu que je parle ? Encore mes voyages ? Donner du sens à la rose des vents ?

L'ongle noir s'incline vers le haut. Le Dukun attire à lui mon regard. Par la fente que laissent ses paupières tombées il inspecte le passé. Tu étais un enfant. Il me dit cela à moi. Tu étais un enfant, très pâle, blanc. Pour nous, sacré, comme tous les enfants. Tu ne pleurais pas, tu ne savais pas pleurer. La grand-mère de Nidewa t'a porté dans son dos, le temps que la guerre soit finie. Et puis, un jour, tu es parti. Elle t'a posé à terre. Un bateau est venu te chercher. Il t'a cueilli comme les démons cueillent les enfants qui touchent le sol avant leur sixième mois. En quittant l'île, les démons ne t'ont pas suivi, puisque tu es là. Ils sont restés dans les montagnes ou bien ils se sont noyés. Je suis content, tu es revenu...

Le Dukun parle, il façonne lentement l'histoire de mes premiers jours. Il sent ma peur. Il sait que je suis là pour cet accès au savoir. Il profite du silence. Le silence habite les lieux. L'univers entier paraît s'y noyer.

– Il était maigre, fatigué, dit le Dukun. La

guerre, difficile, pleine du sang du Siam, avait assombri son regard. Il était malheureux, ton père. Seul.

Il est arrivé comme toi, sur le bateau qui va des sources chaudes au village. Une simple pirogue avec deux avirons, un pour lui, un pour le passeur.

Le Puputan, le grand suicide collectif loin derrière, les Hollandais partis depuis longtemps. Pas de guerre ici, seulement le sang des coqs de combat, et ton père le savait. Il a demandé à me voir. Il a dit au passeur de rentrer seul.

Il était grand, blond, jeune.

Il était veuf. Il venait d'être veuf. Il était fragile. Il était père.

Ton père m'a demandé la pierre. Je lui ai montré. Dans le Pacifique la guerre avait espacé les rencontres avec les visiteurs venus de loin. J'étais content de lui parler. Nous sommes allés dans l'enceinte sacrée. Il portait la ceinture jaune. Il pouvait entrer. Il n'a rien demandé d'autre. Seulement un morceau de la pierre noire. Je lui ai donné. Et puis il est parti. Silencieux, presque muet. Décidé. Il avait une idée, il n'a pas dit laquelle. Il a demandé une barque et un passeur. Il est parti seul, ce jour-là.

Et tous les autres jours aussi.

Et toutes les fois qu'il venait.

Tous les ans, sans faute.

Sans faute.

Jusqu'à sa mort à lui.

Je t'attendais, Tuan. Je t'attendais depuis qu'il ne venait plus. Je me demandais pourquoi tu ne venais pas, toi.

Il est parti seul. Ce jour-là, je suis allé au Pura Dalem, le temple de la mort. J'ai demandé une audience au pedanda. J'ai tué un canard noir et blanc pour Bedawang ; je l'ai donné au prêtre ; j'ai fait venir la grand-mère de Nidewa et sa mère aussi. Je leur ai dit qu'il fallait accepter la volonté des dieux, préparer des offrandes comme pour la fête de la lune. Les plus grandes, les plus belles qu'elles sachent faire, et attendre. J'ai demandé l'aide du village. Agung, dans les nuages, annonçait un événement. Toute la nuit la sonnette du prêtre retentit dans la troisième enceinte du temple. Toute la nuit on récita en kawi les védas de l'inconnu. Et c'est à l'aube, à l'aube des grues, avant les nuages du Batur, à l'aube nette qu'on les a vus arriver.

De loin. Sur le lac une tache plus grosse et plus noire que celle des pêcheurs, des passagers ordinaires. Un bateau plat et large, de ceux qui partent du port de Penelokan pour les cérémonies.

Quatre rameurs, deux par côté, une femme assise et chargée. Devant, un homme debout. Ton père.

Il revenait.

De loin, je savais qu'il revenait. Avec son message. Avec les questions en suspens du jour d'avant. Et la femme assise derrière portait dans les bras un enfant, un nouveau-né.

Dukun, ne t'arrête pas. Parle sans lever les yeux. Parle en toi. Ne t'arrête pas. Je ne pourrais supporter un silence. Il se confondrait avec le doute. Le parfum des cempaka se mêle à celui des tubéreuses. Nidewa les installe sur un lit de pétales. Elle les offre à Bedawang, car Bedawang est avant toutes choses, avant Shiva, avant les hommes, avant la mort des hommes. Bedawang est le rocher vivant, la tortue qui porte la terre. Dukun, ne t'arrête pas. Il y avait quatre rameurs, une femme assise et lui devant. C'est mon père, Dukun, dis-le encore. Il revient. C'est lui. Lion et lumière, en proue. Lui au bout du chemin, sans émotion, atteint seulement par le fond de ses rêves. Un homme têtu, soumis aux lois ordinaires de la physique par une relation spéciale, un homme qui voyage au-dessus de la Terre sans paraître s'y poser jamais, un étranger.

Au bout du chemin. En proue, toi mon père, maigre et fatigué. Tu te retournes, regardes la femme, l'enfant, le quai de bois, où sont amassés les gens. Tu reconnais le Dukun.

Le village, silencieux, attend. Le bateau

frôle la rive, brosse les herbes, c'est l'instant du contact. Celui où tout peut chavirer. Tu prends l'enfant, quittes le bateau, t'avances vers les femmes indécises et les hommes qui observent. Tu te diriges vers la plus âgée et lui donnes l'enfant, tu me donnes au village.

Belinda, être orphelin, est-ce cela, changer de mains ? L'enfant n'a pas pleuré.

Tu n'as pas pleuré, Tuan. Tu ne savais pas. La grand-mère de Nidewa t'a porté longtemps dans les bras. Tout le monde regardait le bateau, la femme du Siam, ta nourrice, les bagages, les rameurs, la grande caisse noire au milieu, le cercueil, ta mère.

Tu n'as pas pleuré, Tuan. C'est moi qui t'ai appris. Aujourd'hui encore, je t'apprends.

Je suis l'ancien.

Entre nous, la distance du temps.

Aujourd'hui tu n'es plus un enfant qui cherche. Tu es un enfant qui trouve. Ici, dans le Bali-Aga village, on offre un tjili, une figurine de palme, aux enfants qui trouvent. Ce n'est pas pour les féliciter mais pour les consoler d'abandonner une quête. Celle-ci est la déesse du vent. Elle est pour toi.

Belinda, c'est la guerre. Je te raconte mon père, tu es loin. J'ai besoin de toi pour connaître l'histoire. Il faut que tu m'écoutes. Une fois seulement. C'est le sang.

Comme celui du lit le soir de Wakehurst. Le soir où, revenus d'un acompte sur un voyage à venir, nous avons pour la dernière fois fait l'amour. Tu as dit j'aime aussi le sang. Tu m'as demandé si je voulais, si j'étais d'accord. Tu savais que oui. Souvenir de cette main qui roule sur la peau lisse, marque de toutes les permissions. Possibilités du corps. Par coquetterie, cette question. Souci du rite. Ne pas manquer aux préséances de notre jeu intime. Alors tu as baissé une épaule, penché la tête d'un côté. Une bretelle, ton chemisier, trois épingles à cheveux sont tombés. Je me suis toujours demandé comment tu organisais les chutes. Comment, à te voir, on devinait que rien de ce qui habillait ton corps n'était fait pour le vêtir, mais pour, à un moment donné, s'effondrer au pied de lui, en tas, très petit, flou et noir. Toujours noir. Tu t'habilles toujours en noir.

Je ne répondais pas à la question du sang mais à celle, ultime, d'un accord entre nous. Absolu.

Et mon sexe dans ton corps s'est inondé de toi. Ensemble, nous avons glissé dans le même sang. Tout de nous était rouge et doux comme le fer oligiste de l'Isoala.

Mais lorsque j'ai baisé tes lèvres en partant, ton corps était chaud et bien vivant.

Comment séparer les images ? Liées, enfantées par une douleur unique, un départ. Mon père a fui le sang. Il a quitté la guerre, comme on quitte un rêve, tout d'un coup, en se dressant dans l'eau de l'air des rizières du Siam, en ouvrant les yeux sous les cadavres, sur les champs d'eau rougie entre les brins d'herbe.

Il a penché la tête, laissé tomber son fusil dans la boue, mains ouvertes, comme toi. Le Dukun l'a dit, il regardait partout autour sans voir autre chose qu'une urgence en lui. Partir. Rejoindre le port franc de Singapour. Rejoindre la femme qui portait un enfant. Fuir les cuvettes où s'amoncelaient les cadavres d'une guerre perdue. Il n'a pas dit comment. Traverser les mangroves, les frontières de l'ancienne Indochine, le Cambodge, atteindre les côtes de Thaïlande. De sampan en sampan.

La malaria l'immobilisa dans le port de Hua-Hin. Enroulé dans une couverture, il assistait au passage des petits chevaux sur le sable blanc, montés par des Thaïs grands comme des enfants. Dans sa fièvre, il ne savait plus si les chevaux transportaient ces hommes ou s'ils étaient liés l'un à l'autre, sans jamais pouvoir se séparer. Il l'avait dit au Dukun, il avait dit j'ai longtemps vu qu'ils n'avaient pas de selle, pas de chaussures, presque pas de vêtements, seulement une corde lâche en guise d'enrênement, pour éviter sur le sable les chiens qui mangent le poisson crevé. Longtemps vu les scènes lentes de retour de pêche au travers des bougainvilliers taillés en éléphants. C'était la chambre 14 de l'hôtel colonial en bois peint, où les chaises cannées de l'immense terrasse à persiennes roses conservaient inexplicablement un parfum de cannelle et, pour ceux qui savaient, un vague résiné d'opium.

Le Dukun savait, lui. Mon père lui avait dit. La mousson arriva comme toujours, en novembre. Les bateaux ne partaient plus. L'attente, la fin des grandes pluies. Les routes coupées à l'intérieur. La femme, là-bas, au bout de la péninsule malaise portait un enfant. La chaleur, la chaleur.

Belinda, je dois dire ces choses en moi, toutes, en vitesse, dans le seul miroir de mon ivresse. Il ne faut pas que Nidewa me regarde pleurer. Le Dukun, lui, peut.

Il est arrivé dans le quartier chinois de Singapour, par une nuit sale. Elle l'attendait, défaite, énorme, mouillée. Le Dukun a dit qu'elle était si belle, ma mère, si belle, que tout autour devenait le décor immense de sa lumière à elle, le fond, indifférent de son seul visage dans l'ombre du rez-de-chaussée où l'on vendait aussi du ginseng, des cordages, et des entonnoirs en métal blanc.

Blanc, il avait dit. Mais pas lumineux. Seul brillait le visage de la femme, ma mère. Elle était en danger. Il fallait partir encore, traverser la ruelle encombrée, puis la ville et la mer... On disait qu'à Bali il y avait la paix. Ils ont pris le bateau de Singaraja.

Elle est morte dans le trajet de Batavia, en accouchant, dans la tempête, un jour avant l'entrée au port.

Le Dukun a gardé le silence sur les douleurs de cette mort et de cette naissance. Mon père, en lui parlant, avait fixé son regard sur un point si loin, que, même lui, le chaman, n'avait pu le rejoindre.

Il avait attendu que son regard à nouveau revienne.

Nidewa achève les offrandes, je crois.

L'oiseau rouge fait un bruit.

Une goutte lourde entraîne un cheveu d'usnée.

Je serre dans les mains une figurine que l'on donne aux enfants, la déesse du vent.

L'ongle noir décrit un arc de cercle sur le plastron clair du vieil homme.

Je suis né dans la tempête, quelque part entre Kent et Bali, dans la mer de Java.

Ici, je suis chez moi.

Alors, faut-il, tourmaline, opale, revenir sur ses pas, aventurine, agate, ou s'en aller devant, ambre, béryl, hématite ?

Au Soleil le cristal de roche, le diamant à la Lune, à Mercure l'émeraude, le saphir à Vénus. Je tiens cela des paysages accumulés se nourrissant de pierres, d'un homme à l'horizon dessinant peu à peu l'histoire d'une vie, mon père.

Et l'ophite à Saturne et encore à Jupiter l'aétite légère.

A Mars l'hématite. Elle protège les femmes et parle du sang. L'homme est mort dans les roches de l'Isoala. Mon père avait fait du fer oligiste, rouge et lisse sous les doigts, le seul bijou de toutes les pierres qui gisaient là, dans les rayons morts de la collection. Une exception. Rien d'autre. Tandis que celle de Trunyan, privée de date et de références, échappait aux analyses et aux calculs. Elle s'offrait à moi avec la charge du mystère et du jeu. Pas un oubli, une distraction mineure. Non. Aujourd'hui je le sais, en elle résidait un projet, en elle toutes les pierres accumulées. Pour lui un testament, pour moi une quête. Tout le reste est devant.

Le Dukun lève la tête. Je cherche ses yeux pour donner à mes pensées un accord. Il dit oui sans parler. Il dit c'est ça, c'est ainsi. Les choses sont ainsi.

Elle, elle me regarde maintenant. C'est Nidewa. La petite-fille de celle qui m'a tenu dans ses bras. Elle sait. Elle ne dit rien. Elle sourit. Elle semble passer au travers de toutes les émotions comme une ombre dorée. Elle organise l'ombre. Elle est toujours présente. Elle a signé l'air d'une fumée étroite au bout des bâtons d'encens. Elle a terminé les offrandes. Elle s'avance. Elle sait qu'à ce point de l'histoire elle doit être devant. Elle passe devant l'homme qui prie, l'homme âgé qui m'a tout appris, l'homme qui, maintenant, baisse un peu la tête et récite en kawi les védas de l'inconnu, chante une mélopée sourde, lancinante, pour un nombre long de dieux et bref de fidèles, l'homme qui devient l'ombre, le Dukun, le témoin, le repère diffus, la nuit profonde sur laquelle se détache et brille la moindre lueur.

Désormais, c'est elle.

C'est elle, la voici. La ceinture plate brodée d'or, large et lisse, marque le point fixe de son corps entre les hanches et la poitrine. Au-dessus et en dessous de la taille serrée, intouchable balance, les tissus de batik glissent avec d'infinies retenues. En haut, le chemisier barré sur la poitrine, en bas, cette contrainte légère du sarong sur les cuisses, et pourtant cette aisance, cette absence de poids, concordance absolue entre l'habit et le corps nu.

Dans ses mains, un plateau de feuilles tressées, deux fleurs de jepun, des grains secs de riz blanc. Elle se place à distance, me dévisage et semble préparer une stratégie de communion à moi seul adressée. Le monde autour n'existe plus.

Elle tient dans une main le plateau, approche l'autre de mon visage. Elle tend l'index et lisse sur la peau l'eau des larmes dont la présence, alors, m'avait échappé. Elle tire ce liquide sur les tempes et le front. Puis elle ajoute le suc du frangipanier et colle en ces trois points les grains de riz secs. Enfin, elle se retire, d'un pas peut-être, peut-être deux. C'est une cérémonie, une prière, un geste serré, dans une économie millénaire.

A distance maintenant je découvre son regard, et dans le sien le mien sur son geste achevé. Tendre et ferme comme le grain de sa peau. Sans ambiguïté. Nous sommes liés par une étrange parenté. Avoir été bercés dans les mêmes bras. Les choses s'arrêtent là.

Je comprends. Je prends la mesure de nos distances. Cependant, j'esquisse malgré moi la caresse de ma main sur mon épaule nue, un peu bronzée, un peu souffrante. Je m'en étonne et laisse tomber les bras le long du corps, ballants, inutiles.

Puis elle parle. Elle prend son droit. Elle dit : Maintenant, il faut aller la voir.

Le Dukun est parti.

Une couronne de nuages résiste autour du lac Batur. On peut voir le volcan avec ses coulées noires et les franges vertes des végétations pionnières. Le mont Agung au-dessus de nous, trop abrupt, demeure invisible.

Soleil au midi, ombres dures et franches, il ne pleuvra pas. Nidewa sera mon guide.

Dans le sillage du sarong de Nidewa commence la fin de l'histoire de Trunyan. Je la suis. Nous contournons le cimetière où sont étendus les cadavres desséchés. Je les compte. Sept. Derrière cet enclos, derrière l'arbre géant dont le bois mêlé aux lits de pierres noires a les pouvoirs que l'on sait, derrière l'arrangement opaque des roches, des litières et des plantes, s'ouvre un layon étroit, obscur, inattendu. Il s'enfonce, perpendiculairement au lac, dans une fissure de la caldera, sous le mont Agung. Littéralement nous entrons dans la montagne. C'est le chemin de la maison des morts, dit Nidewa.

Dans le sentier haché de soleil, le sarong prend le rythme des ombres et des lumières. Un flottement de l'air dilate l'espace étroit où nous marchons, Nidewa parle.

Elle parle. Elle prend le relais du Dukun.

Ibu saya bilang, dia bilang. Le son clair et prudent de la voix. Ma mère disait, elle disait et moi aussi je dis, saya bilang, je peux dire ce que je sais, ce qu'on raconte à Trunyan. Ton père, ici, venait tous les ans...

Nous marchons.

... Il venait seul, toujours. Je l'accompagnais. J'aimais bien cela. Je suis contente que tu sois venu, Kenneth, tout le village est content, tout le village sait. Je suis désignée par le banjar pour t'accompagner. J'ai l'habitude, je le faisais avec lui. Orang tua, la mère de ma mère, nous a tous les deux gardés dans ses bras, préservés des démons, des leyaks et des nuits trop longues.

Nous marchons.

Orang tua ne parlait pas. Elle ne voulait pas.

Ma mère m'a raconté, dit Nidewa.

C'était un bateau large et chargé. Lui, il était devant. Le village sur la berge attendait.

Ma mère faisait partie des femmes en tenue pour accueillir les étrangers, une ceinture d'or, un sarong bleu. Elle a vu le tamu, l'homme blanc, ton père, se tourner vers la femme du Siam, prendre l'enfant et le tenir à bout de bras pour le présenter. Nidewa s'arrête dans la pénombre. Elle se tourne vers moi pour que j'entende les mots. Oui, dit-elle, il t'a tenu comme ça, il voulait que tu sois devant. Les femmes avaient compris, ma mère avait compris mais elle attendait et toutes elles attendaient la décision d'Orang tua. Chez nous la plus âgée des mères a le droit d'être mère encore. Avant les autres.

Alors elle s'est penchée. On raconte que tu étais dans ses bras avant que le bateau ait terminé sa course. Orang tua les pieds dans l'eau te regardait, tu ne pleurais pas. Tout était dit. Le Dukun avait donné l'accord. Tout le monde savait ce qu'il restait à faire.

On a hissé le cercueil sur la rive. Les

rameurs et la femme du Siam sont repartis. On n'a jamais revu la femme, ta nourrice, Orang tua a dit qu'elle pleurait. C'est la seule chose qu'elle ait bien voulu dire. Un bateau plus petit est arrivé. Deux hommes du village ont chargé le cercueil. Ils sont partis vers le cimetière, c'est ainsi qu'on achemine les morts, par l'eau. Quelques autres et ton père y sont allés à pied. Ma mère était derrière. J'étais dans son dos, bébé, dans le sarong plié et mou qui fait un nid sur la peau.

Nidewa laisse échapper un rire étonné comme celui des enfants. Elle seule ici m'appelle par mon nom. Elle construit mon histoire, la sienne, sur un ton grave et malicieux.

Tout le monde est arrivé au pied du grand arbre pohon kayu kuning, aussi grand qu'un banian mais plus clair. Le bateau d'abord, les autres ensuite, par le chemin. Le Dukun, déjà là, attendait.

Devant lui on a ouvert le cercueil et découvert la femme, préparé un lit de pierres noires, un lit de sable mêlé au bois de l'arbre et déposé le corps. Ibu saya, ma mère, disait : Elle avait une robe blanche et, par-dessus, un manteau rouge à col brodé qu'elle admirait. Son visage fin, à cause du nez et du menton. Mais surtout les lèvres épaisses. Ibu saya m'a dit cela : Ta mère avait les lèvres plus larges que celles des tamus de Kintamani. Ce détail la rassurait. Elle aimait le bas de son visage. Les yeux étaient fermés. Elle a pensé que ses lèvres, rien que ses lèvres, seraient un bon laissez-passer – passer au royaume de Bedawang sous les flancs du mont Agung. Elle a même cru voir qu'elles disaient encore des mots doux. Elles se tendaient en avant comme pour un baiser. Ibu saya m'a dit : C'est en cela qu'elle n'est pas de chez nous, en cela surtout, car ici les lèvres effleurent la peau du corps de l'autre, mais le baiser n'est pas un vrai baiser. Le baiser de Bali est une pratique subtile que les tamus ignorent. C'est une aspiration. La connaissance de l'autre se fait avec le parfum de l'autre, le parfum de sa peau, de tous les recoins du visage et du corps. C'est une perception fine. Elle éveille les sens dans un ordre délicat.

Nidewa laisse les derniers mots se perdre dans les fougères comme s'ils ne m'étaient pas directement adressés. Elle poursuit la marche du layon, passe au soleil, éclaircit sa voix.

Mais, pour le reste, elle avait les cheveux noirs et un habit lumineux. On n'a pas déshabillé le corps. On l'a exposé ainsi à l'air sec de Trunyan sur la litière préparée.

Six mois.

Ton père est resté six mois. Il a suivi tous les rites. Il apprenait notre langue. Chaque jour il venait auprès d'elle. Il voulait savoir si le Dukun disait vrai, si derrière le visage, il y a l'autre visage.

Nidewa parle sans tourner la tête. Le défilé me renvoie ses paroles nettes. Nous nous enfonçons dans le cœur d'Agung. La lumière faiblit au travers de cheminées qui s'espacent au fil de la marche.

Et puis un jour, dit Nidewa, un jour est arrivée la grande cérémonie. Ton père attendait ce jour pour avoir l'âme en paix.

La chair et les vêtements avaient disparu dans le désordre des écailles rouges, orange et brunes du kayu kuning, l'arbre. Ainsi, successivement, les surfaces, les habits, les peaux, tout ce qui dissimule la forme du corps s'en était allé à la manière des écorces... Nidewa, je t'en prie, fais comme le Dukun, ne t'arrête pas, il me vient des images de jardinier, les squames des eucalyptus de Perth, les rouleaux acajou des pruniers de Chine comme des copeaux de chocolat, les rides beige et rose du camélia-thé, et quoi encore ? La peau lisse des érables veinés, la soie brillante des arbousiers, les arbres à caresser, ceux qui donnent à voir et à toucher, à sentir, cannelle, katsura, caramel. Essences fragiles, troncs solides, arbres nus, qu'en est-il de ceux qui ont tout perdu, leur feuillage, leur vie ? Belinda, ai-je invoqué les arbres-pierres de Casamance, morts mais debout ?

Lorsque Nidewa parle tu ne réponds jamais.

Nidewa parle. Elle dit, c'était une longue procession. Il y avait tout le village. Le Dukun, le pedanda, le chef du banjar, Orang tua et les autres – ma mère et moi derrière – tout le monde suivait. Le long du sentier, les penjars, bambous immenses et recourbés, se voûtaient sous le poids des ornements pour la cérémonie du voyage à la maison des morts. Ortibunga, la fleur sacrée, énorme lotus au centre frappé de la syllabe *om* en sanscrit, partout marquait les pas du défilé. Les pèlerins, un par un, en tenue de cérémonie, sarong pourpre et ceinture d'or, le Dukun devant, ton père ensuite, la litière derrière portée par deux hommes à hauteur d'épaule sur laquelle on avait pris soin de ne pas désassembler les os blanchis de la morte. Ce qu'il reste quand on a tout perdu ; ici, on dit : le résumé de la vie. Le chemin est long du cimetière à la maison des morts. Le village entier, à l'exception des vieillards, gardiens de Trunyan, formait un cordon liant le lac au cœur de la montagne.

Aujourd'hui, nous sommes deux.

Comme à chaque fois que ton père venait.

Deux pour marcher jusqu'à la clairière de lumière, un trou dans la montagne, imprévisible, aveuglant, au sortir du défilé. Deux seulement dans notre marche continue, dans le discours et son écoute, dans la cadence ininterrompue du rythme du sarong. Deux pour lier à nouveau l'eau du lac au cœur du volcan, à la maison des morts.

C'est ici, dit Nidewa.

La lumière éblouissante plonge du haut sur la clairière ovale, abrupte dans la roche : un puits. Il faut un certain temps pour distinguer au fond un balé très petit. Image de celui des ampoules d'usnées, quatre piliers et un toit d'alang noir à quatre pentes. Le Dukun, assis, nous tourne le dos, le visage orienté vers la falaise arrondie, vers les parois sombres du puits qui, peut-être, ne reçoivent jamais de lumière. Lentement apparaissent les formidables architectures de la maison des morts.

La violence du spectacle me submerge. Les fatigues des voyages, les énergies dispersées, les quêtes, les peines, les soifs, les peurs, sans avertir m'assaillent d'un bloc. Elles me reviennent. Elles se concentrent sur l'aire blanche de la clairière au midi. Seul instant où le soleil peut entrer. Résumé en arène, imprévisible travail de l'homme, ouvragé dans la roche, arrêté par des millions d'années, hors du temps, voici sous mes yeux ce qui, entre Kent et Bali, a fait naître ma tempête, l'a portée au travers du monde pour la changer dans la pénombre, au bout d'une route longue, en ouragan immobile. J'ai du mal à respirer. Il me faut m'apaiser. Nidewa le sait. Au seuil de la maison des morts, elle attend que je regarde et que je *la* voie, à la distance calculée que les vivants d'ici peuvent avoir pour les morts.

Très peu d'eau, sans doute une source temporaire, suinte dans l'ombre sur un pan de roche sans excavations ni entailles. Tout le reste est une superposition de balcons d'où les morts accoudés, assis ou dressés, dans leur tenue d'apparat, surveillent le vide.

Ailleurs, j'avais vu des catacombes, des cimetières creusés en Sicile, à Sulawesi. La structure même de l'édifice de Trunyan ne répond pas à l'idée qu'on se fait d'un cimetière. Il s'agit bien d'une maison. Ou plutôt de son négatif : le vide laissé par un cylindre irrégulier dont le pourtour est une roche sculptée. Les étages nombreux se perdent en dévers dans les hauteurs du puits. Je ne vois pas tout. Comme pour un grand théâtre, des gens en tenue, partout accoudés, sérieux, attentifs dans l'ombre, accourus du ventre de la Terre, regardent la scène, les vivants éclairés. Un instant.

Instant fugitif où le soleil illumine le dos de la tortue Bedawang et des serpents entrelacés, naissance du monde. Où la lumière et l'ombre se rencontrent. C'est cela qui est représenté, me dira le Dukun tout à l'heure. Tout à l'heure, quand j'aurai visité la maison des morts, quand je saurai que l'héritage de mon père, le secret de la pierre noire, la course des voyages, ne sont que les marques visibles, en somme baroques, du dessous des visages. Alors, il me dira : Dans l'angle des temples, un autel de biais, toujours de pierres grises, très étroit, donc très haut, repose sur le socle de Bedawang et porte une pyramide achevée par un réceptacle en forme de siège qui reçoit le ciel. Ce n'est pas autre chose que cela. L'ombre et la lumière.

Il faut savoir maintenant. Nidewa me fait signe. Elle a compris que nous pouvions nous engager. Que je le pouvais, moi. Elle dit, nous ne parlerons pas. Si nous parlons, Kenneth, les morts nous rendent les mots et cela embrouille tout. Elle avance dans la lumière, elle brille Nidewa, elle brille.

Nous sommes dans l'arène. Nous traversons, aveuglés. Nous atteignons la face opposée à l'entrée, le balé où le Dukun, les yeux fermés, médite. De nouveau nous entrons dans l'ombre, au droit des murailles, directement sous le regard oppressant des orbites vides des morts et là, nous commençons à décrire le plus grand cercle, celui du périmètre, au sol, où commencent les chambres.

Sur les habits de toutes les couleurs vibrent des ornements. Ceux que les vivants portaient. Des bijoux, des broderies, des pierres... La maison des morts, fabuleux trésor, défie le regard des vivants, elle scintille durablement face à l'éternité. Les paroles du Dukun me reviennent, tu verras ils sont tous différents.

Sous les vêtements rutilants, neufs ou délabrés, mais vifs, se déploie la variété des caractères. Seul le lieu unifie la mémoire de ces êtres, leur donne une famille. Groupés, venus ici pour une raison unique. Presque j'entends leurs voix.

Le rire doux de celui-ci, sec de l'autre, incertain du troisième. Là, une femme couronnée, mère, sereine, ici un vieillard anguleux, un enfant surpris, une fille jeune, sans doute, consignée dans les bornes d'une vie courte ; un jeune adolescent attentif, un couple resserré, un homme puissant et gras débordant de sa niche, ailleurs un être rétif, le dos tourné au vide, plus loin une silhouette évasive, ne faisant que passer, devant, une foule abusive, un groupe agglutiné pour une ovation, un cri, une fête en couleurs... Les reflets nacrés de la montagne dévoilent en arrière-plan les arêtes des visages et des corps plus anciens : arcades, pommettes, maxillaires, dents scintillantes ou absentes, phalanges orientées vers le vide, gestes précis, intentions. Tout un peuple affairé à n'être que lui-même, livrant son identité par l'expression définitive des corps abandonnés. Ici réside notre appartenance possible au monde des morts ; partage d'une émotion connue, repérée dans le cours d'une vie, éternelle.

C'est alors qu'ils commencent à parler. Un ou deux d'abord puis d'autres et d'autres encore. Un chuintement, j'en suis sûr. Nous marchons le long de la paroi ; les voix s'ajoutent l'une à l'autre. Que disent-ils en confidence et pourquoi, à la fin, ce vacarme ? L'assaut des sons et des lumières s'adresse à nous, vivants errants. La foule immobile et hurlante dans l'ombre désigne le centre éclairé comme le territoire habituel des agitations, celui des imprudences. Que faisons-nous ici ? Mais au lieu d'une réponse, il se produit un grand silence. Tous ils se sont tus en moi, et je la vois, elle.

Elle, à l'évidence.

Je l'ai reconnue.

Aurais-je imaginé tout revivre d'un coup ? La vie de mon père, son amour pour elle, les pierres...

... C'est un manteau rouge. Très rouge, écarlate, tendu du col aux chevilles. Elle se tient debout, les mains sur le côté. Elle n'est pas morte ainsi, me dira le Dukun, mais c'est ainsi que mon père l'a rencontrée, la première fois, dans un salon du Kent, pour un bal peut-être, pour un anniversaire, enfin, pour quelque chose qui n'avait aucune importance puisque l'important c'était elle. Elle se tient debout, légèrement penchée en avant. La gorge vêtue d'un chemisier blanc, lisse, sans ornement.

Elles sont là, toutes, sur le manteau, du col aux chevilles, les pierres, le double des pierres. Je les reconnais, je les connais. Je les ai remises dans les déserts, au cœur des roches mères où elles ont été prises et toutes je les revois, rassemblées, comme dans la collection de mon père, comme pour annuler, gommer à jamais les voyages fous de ma rencontre avec lui, mon père ; faut-il encore tout recommencer, Dukun ?

Elles sont là, brodées sur le manteau écarlate, toutes je peux les nommer, tourmaline, opale, améthyste, agate, je peux dire où les trouver, Amerzgane, Beersheba, Thulé, Antsirabé, où les rapporter, déserts, volcans, îles lointaines, toutes je les ai touchées, pesées, caressées, spinelle corindon, cymophane disthène, appréciées, déchiffrées, idocrase, olivine, toutes j'ai voulu les perdre, les oublier, turquoise, aventurine, obsidienne, surtout obsidienne.

Toutes les voilà. Sauf la pierre noire. Celle qui fait que toutes sont là. Celle de tous les voyages. Le Dukun l'avait jetée sur le lit des morts l'autre soir. Il avait fait cela à ma place.

Nidewa, en retrait, respecte mon silence agité. Je compte, je compare ces pierres à celles de la maison du Kent. Celles-ci paraissent plus grosses, plus brillantes. Il avait tout ramassé en double, dira le Dukun. Chaque fois qu'il trouvait une pierre nouvelle, il choisissait la plus belle et faisait le voyage – où qu'il soit dans le monde – pour l'ajouter aux autres sur le manteau rouge. Puis il repartait, seul. Il n'a jamais aimé qu'elle.

Mon père, quel héritage m'as-tu laissé ? Le manteau est bien rouge, n'est-ce pas, écarlate.

J'ai tout vérifié, Dukun, il en manque une autre, celle du fer oligiste, la pierre de sang, pourquoi ?

Ton père a dit je reviendrai, de celle-ci je vais faire un bijou, il sera au centre du manteau, sous le cou, sur le chemisier blanc sans ornement, ce sera un camée cordiforme. Il me l'a dit, Tuan, mais il n'est jamais revenu.

Elle, je la vois, ma mère, pas encore ma mère, le sera-t-elle un jour ? Elle attend. Debout dans la robe écarlate, le teint lisse et mat, les cheveux noirs vifs, les yeux brillants, grands, les bras légèrement écartés, le corps incliné vers celui qui doit venir. Ses lèvres ourlées, épaisses pour une femme blanche, s'entrouvrent sans parler. Ses mains semblent accueillir le monde, offertes au soleil. Elle a vingt ans.

C'est lui qu'elle attend. Lui qui ne viendra plus jamais. Encore aujourd'hui elle attend. Lui pour qui je suis là. Elle, mon héritage.

Nidewa avance à la lumière. L'éclat de la

ceinture dorée sur les parois de la maison des morts donne le signal de la fin du voyage. Je la suis. Le Dukun est parti. Nous sortons. Je ne me retourne pas. Tout est là, en place, en paix. Les âmes les unes les autres veillent. Je l'ai vue, elle. J'ai vu sous son visage l'attente inépuisable de son amour pour lui, j'ai envie de courir.

Et je cours.

Je cours très vite. Le Dukun l'a dit : elle attend. Je cours sur le sable. Le sable noir d'abord, puis gris et finalement blanc. Je passe de la lave au corail en courant.

Loin de Trunyan, la plage n'en finit pas, longue, courbe, entre Legian et Kerobokan, où les pêcheurs jettent leurs filets. Sur des planches de fortune, ils vont jusqu'aux premiers plis de la mer où se forment les vagues et reviennent en glissant. Il est cinq heures.

Sur les rives, le vent souffle toujours d'un côté ou de l'autre mais en fin de journée, avant de se muer en brise de terre, il hésite et cesse : étale comme la mer entre deux marées.

J'ai sur moi la ceinture de Nidewa, lien d'or, un cadeau pour la route. Elle me caressait l'épaule, elle disait c'est bien, à bientôt. Le Dukun avait prononcé quelques mots en kawi. La nuit venue, Nidewa s'était endormie dans mes bras, comme on se niche, comme ici font les gens.

Je cours. Là-bas, au loin, sur le feuillage sombre d'une mangrove. Elle voit que je cours vers elle. Elle flotte au-dessus du sable, elle hésite, je sais qu'elle rit. Elle rit sûrement, les cheveux rassemblés dans un léger désordre. Elle tient par un angle un sarong lisse et brillant, des coquillages peut-être dans les mains, peut-être rien.

Le sarong glisse d'abord, il coule à terre, puis les coquillages ou peut-être rien, puis ses cheveux. Elle court maintenant. Elle aime courir. Elle aime son corps. Elle est bientôt ici, devant, essoufflée, je l'entends.

Elle écoute son souffle, elle rit. Juste à me toucher, elle s'arrête, moi je suis ancré dans l'air, tellement étonné. Elle penche la tête en avant pour jeter ses cheveux vers moi, je connais bien ce geste, cacher une émotion, un autre rire derrière le rire et alors, sans avertir, elle se redresse comme toujours – je devrais toujours savoir cela d'elle – sans rien qui puisse engager la question, elle demande : tu l'as trouvé ?

Et moi, moi parce que trop de voyages ont bousculé mon âme, trop de pierres jalonné mes pas, moi devant elle, ne sachant plus, brusquement isolé par cette question unique – la fin de l'histoire peut-elle tenir dans la réponse ? – moi très sincère enfin dans ma surprise, très lent, incertain, interrogeant le ciel, ne voyant qu'elle sur la plage, moi aussi à bout de souffle, avant de m'abandonner dans le rire, ce partage, les yeux ouverts, je demande : Qui ?

DU MÊME AUTEUR

Aux Éditions Albin Michel

LE JARDIN ROMANTIQUE DE GEORGE SAND, 1995.

THOMAS ET LE VOYAGEUR, 1997.

LE JARDIN PLANÉTAIRE, 1999.

Chez d'autres éditeurs

LE JARDIN EN MOUVEMENT, Sens et Tonka, 1994.

ÉLOGE DE LA FRICHE, Lacourière et Frélaut, 1994.

CONTRIBUTIONS À L'ÉTUDE DU JARDIN PLANÉTAIRE, Erba, 1995.

LES LIBRES JARDINS, Éditions du Chêne, 1997.

UNE ÉCOLE BUISSONNIÈRE, Electra-Hazan, 1997.

LE JARDIN PLANÉTAIRE, *Colloque de Châteauvallon*, L'aube, 1997.

TRAITÉ SUCCINCT DE L'ART INVOLONTAIRE, Sens et Tonka, 1997.

LES PORTES, Sens et Tonka, 1998.

La composition de cet ouvrage
a été réalisée par I.G.S. - Charente Photogravure,
à l'Isle-d'Espagnac,
l'impression et le brochage ont été effectués
sur presse Cameron dans les ateliers
de Bussière Camedan Imprimeries
à Saint-Amand-Montrond (Cher),
pour le compte des Éditions Albin Michel.

Achevé d'imprimer en juillet 1999.
N° d'édition : 18319. N° d'impression : 992924/1.
Dépôt légal : septembre 1999.